詩集　日の変幻

日の変幻1

きのう、その場に有って
きょう、この場に無いもの

空の雲のように生成し消滅する　瞬時
枝々に芽吹き枯れ落ちる　木葉

あしたを夢みる、いま、この時
きのうを振りかえる、いま、この時

有るといえば有り、無いといえば無い、空
その空の下で、刻々と変成している、日
はたして、有るといえるか

*

きのう、水の中に生きていたヤゴが
きょう、蜻蛉になって空を飛んでいる
きのう、地中に生きていた虫が
きょう、蟬となって鳴いている

きょう、草かげをよぎった蛇が
あした、海に跳ねる飛び魚だったとして
きょう、空を旋廻していた鷹が
あした、窓ガラスを這う蝸牛だったとして

何の不思議があるというのか

*

きのう、ひろい畑の草を刈り
きょう、かたくなな土を耕している農夫

きのう、その背骨を軋ませ
きょう、さらに屈曲させる雲

きのう、空を背負った影は深々と頭《こうべ》を垂れて
あした、大地にひれ伏している

きょう、農夫の憂鬱は、きっと牛になる
あした、岩となって空と対峙する

その時、荒くれ雷神は
稲妻をもって岩を愛撫するだろう

その時、死が花となり　虚空が
　非時香果《ときじくのかぐのこのみ》として実を結ぶはずだ

かならず

日の変幻2

きょう、蟬の鳴き声が変わった
きょう、風が向きを変えた
きょう、空が高くなった

時間の翼がかすめた草はらで
一本の草が倒れた
その、おなじ時刻に
草陰で青虫が蝶になった

きょう、日が短くなった
影が長くなった
光がするどくなった

きょう、土に隠れて死んだ蛇の
とぐろを巻いた骨と
石になった卵を発見した

きょう、無花果が割れた
きょう、木の洞が大きくなった
きょう、川を雲が流れていた

おどろきに満ちて　日は
ときめきとなり
草の実となってはじけた

日の庭に現れ
たちまち消えていった
青いトカゲ

また、蟬の鳴き声が変わった
また、風が向きを変えた
また、空が高くなった

日の変幻3

一日　照ったり降ったりだった
光の中にも　雨の中にも
変わらず羽ばたいていた揚羽蝶
鳴きつづけていた小綬鶏

昼間　南の空に懸かっていた
白磁の皿のような月

日は　けざやかに移ろい
草木をなびかせ　森をざわめかせ
獣をおどろかせ
池や沼や川を波立たせて
小魚を錯乱させる

日は　また
山を鳴動させ　火と灰を振りまく
陸をゆさぶり　大地を割り
海をゆさぶって人と船を呑みこむ

おびただしい死者たちは
けっして来ない未来を回想しながら

ゆらぐ日の波間に
海月となって生きつづける

そこが　日の果て
日の極み
時間も方位もない無辺の空

きょう
いま　ここ　が
ただ
ゆらいでいる

日の変幻 4

その鳥たちは風より早く空を渡ってきた
冬の寂しい枝々で凍えているうち
とても小さくなって嘴だけになった

氷雨に濡れ　霙にふるえ
雪の衣を着せられて
冬を越したら木の芽になっていた

日が輝きはじめると
枝々の木の芽はたちまち芽吹き
みどりの若葉がしげった

葉っぱは鳥の羽に似ていた
その葉蔭がゆれると
にぎやかな鳥の声がこぼれはじめた

そして日が　もっとも北に傾いた日
その鳥たちは飛びたった
もと来た空を渡っていった

鳴き声も一列になって消えていった

日の変幻5

きょう、いま、このときが
きょうの中に消えていくように
花も木も草も
きょう、いま、このときを
消えていく
鳥も獣も虫も魚も
刻々と消えていく

あなたも、わたしも
やっぱり消えていく
きょう、いま、このときを
刻々と消えつづけ
刻々と現れつづける

いつでも日は　ふいに
現れて消える
消えて現れる逃げ水

幻惑する虚の実在
実在の虚
きょう、いま、このとき

永遠に遠ざかり
きょう、いま、このときを
在りつづける

日は反復しながら
きょう、いま、このときを
かぎりなく更新する

あなたも、わたしも
愛も、死も
そして、肉体も
骨も、亡骸も

また、
未来の記憶さえも

日の変幻 6

しずかな池に
空がひろがっている
山が聳えている
草木がゆらいでいる

みずからを映せない池は
さゞなみで空を清める
山の汚れを洗い

草木の埃を洗いすゝぐ

水が濁ったときは
ミズスマシの援けをかりる
魚やトンボの力もかりる

日月を磨き
銀河をかゞやかせ
闇を深くする

朝　渇きを癒しに
野の獣や空の鳥がやってくる
年老いたナルシスが現れる

昼　山葡萄の実が落ちる
ひろがる波紋は
ゆらぐ空に捺される
神の指紋だ

空と池の黙契の印だ

日の変幻7

きのう、狂風にひしがれて
地に平伏《ひれふ》していた草が
きょう、いっせいに立ちあがった
うなだれていた花が
きょう、そろって頭をもたげた

きのう、空を覆いつくしていた雲が
すっかり吹き払われて

きょう、庭木で蟬が鳴いている
消えていた鳥が
きょう、森から飛んでくる

ぼくは、深呼吸をする
内にこもった憂鬱の砂を吐き
風を入れて記憶のネガを反転すると
一本の川が流れる平野は
きのうの平野だ

激しい雨が降っている
稲妻が閃き
雷がとゞろいている

山が崩れ
濁流に家が流されている

きょう、日の下に
惨憺たる平野がひろがって
まだ　治まらない川は
泥水の底に
一人の少年の死を隠したままだ

残酷だが
少年の死は少年のもの　でも
哀しみは　みんなのもの
たましいは　すでに

魂巣《たます》といわれる天に帰っている

きっと、

日の変幻8

春　麦が熟れ
夏　サトウキビがゆれ
秋　大根が林立し
冬　霜をおいて眠っていた

きょうは、しかし
草が靡いている
ヨモギの葉がひるがえっている

木賊《とくさ》がはびこっている

椎の木が若葉をしげらせている
孟宗竹が立ちあがっている
サンキライが　野茨が
テイカカズラが絡んでいる

ヒヨドリが　鴉が飛びまわっている
鷹が　鷲が　鳶が旋廻している
狐が　狸が　鼬が
猪が　猿が走りまわっている

トンボが　蝶が

虻が　蜂が飛び交っている
蛇が　トカゲが
ミミズが這いまわっている

きのう、村人が棄てた田畑《でんばた》は
きょう、精気にあふれた森になって
きのう、ヒトが穢した天地を
きょう、必死で浄めている

誰も来なくなった墓地に
線香のようなヒガンバナが三本
ひっそりと立っている

日の変幻 9

はげしく森がゆらぐので
ゆらいでいる　空
空がゆらぐので
ゆらいでいる　光
光がゆらぐので木洩れ陽もゆらぐ
木の影も草の影もゆらぐ

おちつかない青葉木菟《あおばずく》が飛びまわる
おどろいたモモンガが巣から落ちてくる

波立った池の魚たちが跳ねる
水面に浮いていた雲が破れる

だが　日の下に争いは絶えないのに
空は青く　静かにゆらいでいる

わたしは空を見あげ
池を見つめつづける

穴のあいた木の葉が空から落ちてくる
池にひろがる空に落ちてくる

ふと　木の葉の穴を覗いたら
空と水が分かたれてゆらいでいた

ゆらぎの中で海と陸が誕生していた
海と陸の生き物が誕生していた

まだ　アダムもイヴもいなかったが
すでに死の契約は完了していた

森

あかるい平野のなかに
黒い森がある
つよい日射しのなかで
夜をはぐくみ
梟を眠らせている

魚が卵を抱くように銀河を身籠っている

黒い森は　また
群れからはぐれた牝牛だ
途轍もない静けさと
影よりも濃い闇を内蔵している

日に三度啼くために沈黙を反芻している

*

夕暮れの平野のなかに
黒い森はある
うすれゆく光のなかを
鳥たちが帰ってくるのを待って

天空に夜を送りだす
おびただしい星々を珊瑚のように産卵する

黒い森は　また
群れにもどった牝牛だ
闇のなかで
「永劫」という名の牡牛と交わる

朝《あした》の太陽を産むために

日の変幻 10

しずかすぎる　とても
空は晴れわたっているのに
きょうは　なぜか
時間の流れが澱んでいる

ピクリともしない影が
日の淵に浮かんだ芥のようだ
鳥たちが息をひそめている

草はらも森もゆらがない

腐臭がするわけでもないのに
なんだか息苦しい
庭石の上にちらばった木洩れ陽が
羽虫の死骸に見えてきた

しずかすぎるので
咳払いをしてみる
口笛を吹いてみる
空罐を蹴ってみる

それらの音は　しかし

鳴りをひそめた世界に消えていき
なにも呼び覚まさない
あゝ　ときめきが欲しい

鳳仙花の種の破裂でも
死んだ犬の遠吠えでもいい
しずかすぎるのは気が滅入る
あかるい空も闇のようだ

じっと手首の自傷痕《ふるきず》を見つめる

日の変幻 11

エビガライチゴ
ヤブマオ　イラクサ　サンキライ

晴れの日も　雨の日も
はびこる草々の
いきおいに押されて生きる
タジタジし
オロオロしながら生きる

ヤブレガサ
ヨモギ　車前草　カヤツリグサ

野はらの片隅の
わずかな土地に居場所をさだめ
小さな空の下で
物言わぬものたちとともに生きる
鳥の囀りと風の音でめざめ
虫の声を聴きながら眠る

ワレモコウ
イヌタデ　水引　キリンソウ

日の流れに逆らわず
そよ風も　突風も　また
稲妻も雷も甘んじて受け入れる
鴉もイタチも虐げない
カミキリムシもアブラムシも殺さない

ヤエムグラ
アカネ　ヤブラン　ツリフネソウ

天の星座を仰ぎ
船乗りのように北極星を頼って
暮らしの針路をさだめる

怒りに躓かず　寂しさに溺れないよう
草木に倣って生きる

チカラシバ
キツネノカミソリ　カラスウリ

日の下で生きる
しずかに生きる
きょうを生きる

日の変幻 12

谷間に霧が立ちこめていた
いちにちのはじまりは曖昧だった
山も森も消えていた
空が貯水槽より濁っていた

輪郭を失った太陽が
朝の挨拶もしないで隠れている
庭にやってきた小鳥が

自分の影に着地できないまま消えた

ふいに　鐘の音がやってきた
カラスの鳴き声だけがやってきた
風は姿を現さない
静けさがきわまってくる

人の話し声もない村の
死んだ蛇のような一本道が
わずかに湿って
あやしく光っている

いま、世界は小休止しているのに

庭にはびこる蘚苔類
粘菌のような時間の憂鬱
愚直に立ちつづけている木々

だれか光の鞭で　わたしを打て

日の変幻 13

ふと　おもいたって
「空」という文字を書いてみた
空に書いてみた
でも空は空のままだった

そこで　おもい直して
「ソラ」と声に出してみた
空に呼びかけてみた

やっぱり空は空のままだった

ひとかけらの雲が現れて消えた
一羽の鳥が現れて消えた
それでも空は空だった
無意味な無辺のひろがりだった

きのう、川で溺死した女の子の死も
きょう、銃殺された男の子の死も
空は何も記憶しない
一滴の涙もこぼさない　傷まない

それでも空は在るといえるか

在るといえなくても在るのか
わたしは　空の下で
実存について考えつづけている

空に問いつづけている
空は　なぜ
こんなにも美しいのか問いつづけて
空ばかり見上げている

山園晴天

天気上々
風もなければ
雲もない

もちろん
草もゆれなければ
木もゆれない

ただ影だけが
音もなく移動していく
静けさだけが蓄積していく

鳥の影もない
あかるい空の中から
誰かさゝやく声がする

地上に
村人たちは声をひそめ
犬も吠えない

もう生死の境が

消えてしまったような
いちにち

ぼくは
まばたきもしないで
空を見ていた

眼から
空があふれるまで
見ていた

日の変幻
14

日が傾いてきた
芒の影が東に靡きはじめた
森の影が黒くなって
夕焼けがはじまった

ツクツクホウシが鳴きやんだ
鴉が木の梢から消えた
空よりも地上が暗くなって

草の影が消えていく

きょうが、いちにちが
傷みやすい
実芭蕉《バナナ》のように黒ずんでいく
いそがなければ

だが　何処へ？

草の葉蔭で死んでいた精霊バッタ
石の上で干乾びていたトカゲ
空で死ねなかったチョウゲンボウ
それらの死を置きざりにして

はやくも輝く星空の下
夕餉の仕度がととのった家《うち》へ
さらに休息の眠りへ
誰が手招くのか

夜の樹にひそむオオコノハズク
おびえきった
その鳴き声だけが
谷間に谺する

死《タナトス》よ　しばらくの猶予を

日の変幻
15

朝の池にひろがる空は
青く澄みきって
言葉より美しかった

一羽の鷹が旋廻していた
池のふちに
青い獣の気配があった

少し離れた欅の下に立って
わたしは隠者のように
静かな水面を見つめていた

そのとき空がゆらいだ
池が一瞬
瞬《まばた》いたようだった

小波が起こったが
岸にとどかないうちに
消えてしまった

それだけのことだったが

かすかな余韻が
岸辺の草にやどった
一滴の水玉が
朝の光を封じていた
やっぱり
言葉より美しかった

日の変幻16

ぼくは終わりであるか、
それとも始まりであるか　フランツ・カフカ

わたしが目覚めたとき
グレゴール・ザムザのように
毒虫だったわけではない
と、思う

しかし、わたしが
毒虫ではなかったという確証はない

初めての目覚めの記憶などないのだから

そして、きょう
不可解なわたしの目覚め
いちにちにも始まりがあったはずだが
いつ始まったのか判然としないまま
いま、この刻々を生きている
と、思う

わたしは始まったのか
それとも終わったのか
カフカの問いを　わたしの問いに変換し
メビウスの輪の無限軌道を巡る

始まりが終わり
終わりが始まりという問いを反復しながら
生きている限りは堂々巡りするのだろう
と、思う

花も　木も　草も
鳥も　虫も　獣も　魚も
始まりから終わりへ
終わりから始まりへ日を反復しながら
やっぱり自問しているのだろうか
と、思う
日もまた自問しながら巡るのだろうか

と、思う

いつのまにか問いそのものになって
？（疑問符）のようにうなだれている
と、思う

日の変幻 17

わたしは
みどりの平野である
一本の白い川が流れている

浅瀬で光がはじけ
青い淵で
古い時間が渦巻いている

火の記憶を内蔵し

沈黙した岩が
水の中から立ち上がっている

鮎の影が矢のように上流をめざし
草の葉や藁クズが
海に向かって下っていく

きょう、わたしは
流失した木橋をわたって
生家に行ってきた

いまは、もう
跡形もない村の共同墓地まで

父祖の墓参りをしてきた

林立する墓石の中央に
梔子の花が
まぼろしのように咲いていた

死者たちの声が
冠毛となってきらめきながら
中空を漂っていた

ふるさとは　しかし
眼裏にあっても
いちじるしく寂れていた

日の変幻 18

ひどい颪だった
カーブミラーが吹き折られていた
鏡が砕け散っていた

すべての破片が
それぞれの空を映して散乱していた
それでも雲ひとつない空が
するどく光っていた

美しいが
危険な破片をひろっていると
指さきに血が滲んだ
血球がナナカマドの実のようだった
口にふくむと　遠い日の
いくつもの小さな過ちが疼いた

蓬の葉を揉んで血止めをしたが
過ちが消えたわけではなかった
起こしたことも起こったことも
なかったことにはできなかった

鏡の破片は鏡の破片　危険ゴミ
継ぎ接ぎしても元には戻らない
ひろい集めて処分してしまった

それから空を見上げた
空のどこにも損傷はなかった
空は空のまま
高く青くひろがっていた

ただ　空の破片は
わたしの中に散らばったままだ

日の変幻 19

いちめんの夕焼けだった
アキアカネが
空の牧場に帰っていった
あるともいえない羽音だけを
真っ赤に染めて

木の梢に止まっていた鴉も
空の森に帰っていった

黒い羽ばたきで
雲を破りながら
昏《くら》い鳴き声だけを残して

刻々と変容する夕焼けが
夜の到来とともに消えていくと
その残像の中を
うすずみ色の魂をもった
影のないものが近づいてくる

生まれたときから
わたしが寄り添い
わたしに寄り添ってきたもの

それを死と呼ぶには
親しすぎるもの

鳥も獣も　虫も魚も　あるいは
草も　木も　花も寄り添い
寄りそわれてきたもの
きょう、それを
愛と呼んでみた

また　光と呼んでみた

風の狐

あかるい野原を
狐が走っていく
草をかきわけて走っていく

しなやかで
透明な体を弾ませて
走っていく

野の果てに向かって
走って消えていく
消えたとおもっていると
走って戻ってくる

そのあいだに
あるいは
一億年が過ぎたかもしれない

しかし　わたしの眼には
ほんのひととき
草がゆらいだだけである

しかし　狐は
その草のゆらぎの中で
ちいさな小さな
旋風《つむじかぜ》のような子を生むのだ

日の変幻
20

きょうの庭に
きょうの日が射している
ホトトギスの花が咲いている

きょうの庭に
きょうのスズメが来ている
草の実がこぼれている

きょうの庭を

きょうの犬が通りすぎる
エノコログサがゆれている

きょうの庭に立って
きょうのわたしは
木洩れ日を浴びている

きょう、いま、このとき
ゴビ沙漠で
灰青の狼があくびをする

きょう、いま、このとき
白亜紀の鳥が

化石の空から飛び去っていく
古《いにしえ》からの時間と
きょうの時間が交わるところ　その
交点で生成消滅するもの

きょうは　しかし常にあたらしく
きょうを更新しながら
きょうでありつづけるはずだ

否、ありつづける
たとえ　この世に　なにが
あろうが　なかろうが

日の変幻
21

日の下で
貯水池が輝いている
乱反射する光が
ガラス片のように飛び散っている

きらめく光の中に
幻影のような水鳥が浮かんでいる
ゆれる草の岸から

いっぴきの蛇が近づいていく

わたしは石を投げる
蛇にではない
水鳥を飛び立たせるためである
だけど届かない　気づかない
もういちど石を投げる

水鳥が　おどろき
羽ばたきながら水面を滑走して
ようやく空に逃げた
蛇も　おどろいて
向う岸に逃げていった

水の上に
おどろきが二つ
漣《さざなみ》となってひろがっていき
一つになって消えた

きらめきだけを残して消えた

日の変幻22

一本の蜜柑の木もなくなった果樹園に、いまも二基の貯水槽が残っている。埴輪の眼のような虚ろな二つの穴が空を見ている。瞬きしないとあふれてくる涙のような水を溜めている。水を飲みに雀がやってくるが、雀が水を飲んでいるか、水に映った空を飲んでいるか、わたしには判別できない。

＊

雨がつづくと水位が上がって空がこぼれる。
日照りがつづけば干上がって空が消える。

＊

わたしの中に、貯水槽によく似た土の器がある。
母の胎に宿った日に据えられ、其々《それぞれ》、生と死が
注がれた。以来、生と死の水位も、上がったり
下がったりで、いのちがこぼれてしまうことも
なく干上がることもなく、きょうを生きている。
生きて、きょうも、雀のように貯水槽を覗いて

いる。病葉や昆虫の死骸が沈んで、少し濁った
水に映る空を覗いている。

日の変幻 23

きょうは、あけがたの空を
雨雲にさえぎられ
飛翔する鳥影を見なかった
きょうは、庭に来て
餌をついばむジョウビタキや
雀の鳴き声を聴かなかった

きょうは、落雷があって
草はらに聳えていた
樟の巨木が引き裂かれていた

きょうは、日がな一日
鬱々しながら
乱雑な書斎の椅子に凭れていた

デューラーの
「メランコリア」に描かれた
有翼の精霊《ゲニウス》を想っていた

モジリアニの黒いシャツを着て

わずかに首をかしげた
「青い眼の女」を想っていた

その　昏い眼差しの中にある
気になる絶望　また
空虚はどこから来るのか

その眼差しは　いったい
わたしを　どこへ
みちびこうとしているのか

きょうは、憂鬱でなく
青いやすらぎが欲しかった

日の変幻
24

庭に一本の木が立っている
木の影に
モグラ穴が空いている

いつものことだが
モグラ穴のまえに
黒猫が来て蹲っている

息をひそめた体に張る静けさ
まばたきもしないで
穴を窺っている金色の眼

二つの視線を絞り
二枚の耳をピクつかせながら
モグラを待っている

わたしは黒猫を窺いながら
黒猫とともに
モグラ穴を窺いつづける

モグラが穴の中に

いるのか　いないのか
わからないけれど

黒猫が動かないので
わたしも動かない
黒猫の影になっている

いくら待っても
なにも現れない穴のまえで
眼と耳だけになって

詩のおとづれを待っている

日の変幻 25

わたしは渾沌　未だ
わかちがたく象《かたち》さだまらぬもの

みどりの木の芽のように　人知れず
芽吹いてひらき
枝々にしげって木を飾り
やがて「ことば」の鳥を呼び寄せて
静かにゆらいでいる　そんな
一本の木を　わたしは
わたしの中にさがし求めている

＊

アケビのように　いつのまにか
熟していている
そんな味のよい
「ことば」の果実を実らせて
空高く吊るしている　そんな
一本の木が　わたしは
わたしの脊柱であると信じている

＊

緑青のふいた銅鏡のように　寂かに
昏い森の奥に在って
古《いにしえ》の時間を沈めている隠沼《こもりぬ》
木洩れ日に
沈黙がかゞやく水の上
「ことば」が魚のように跳ねて
小さな波紋をひろげている
わたしの胸の奥に　そんな
わたしだけの青い沼を隠している

日の変幻
26

光にあふれた日の庭で
ひとり
影と遊ぶのが好きだ

わたしの影が
木に近づくと
木の影も近づいてきて
ひとつになる

草に近づけば草の影と

石に近づけば石の影と
花に近づけば花の影と
わたしの影がひとつになる

鳥が近づけば鳥の影と
犬が近づけば犬の影と
山が近づけば山の影と
わたしの影がひとつになる

　あゝ　皆　おなじなのだ

わたしたち
姿かたちは　皆　異なっているが

おなじ光を与えられている
おなじ影を与えられている

日が翳ると　それが
一層　よくわかる
わたしの影が消えると
万物の影も消える

山川草木　皆　ことごとく
しがらみが解《ほど》かれている
「ことば」をもつものも
もたないものも

透明な水に溶解するように
死の国で均《ひと》しくなるまえに

日の変幻
27

雷雨が去ったあと
谷間の草はらに
大きな木が倒れていた

天をさゝえていた
樟の木だ
光の斧が突き刺さったままだ

木のまわりに
鳥や獣があつまってくる
風がもどってくる

地中の虫たちが黙禱している
どこかで　誰かが
弔いの鐘を鳴らしている

いま、
ここ、
このとき、

草はらに

死より大きな空虚が
そびえている

大きな木にかわって
天をさゝえ　天地に先立つ
寂寥をさゝえている

見えない星々を
木の葉のようにしげらせて
ゆらぎもせず

*

山園満月

虫眼鏡で
火をあつめて
夜空にあけた
円い穴

穴から
あちらを
穴から

こちらを
覗き合っている
目と目

天と地をつなぐ
あかるく
透明なまなざし
まぶしい
冬の夜

雨あがり

夜の水たまりに月が輝いている
いくつも　いくつも輝いている

空にはひとつしかないのに
水たまりの数ほど月がある

草や木々の葉にやどる
かぞえきれない滴にも

水の魚にも　草の虫にも
森の獣にも　空の鳥にも

欠けたところのない
円《まる》い　円い月がある

＊

あなたの中に隠された月がある
わたしの中に隠された月がある

あなたが知らなくても

わたしが知らなくても

日とともに　あなたをめぐる
日とともに　わたしをめぐる

東から西へ
西から東へ

日のあるかぎり
死ののちもなお

あなたから　わたしへ
わたしから　あなたへ

日の変幻
28

かぎりある「いのち」をいつくしむ
蟻や卜ンボの「いのち」を
草木や花の「いのち」を
わたしとあなたの「いのち」を
おなじようにいつくしむ

いのちあるものに
いつか　かならずやってくる

死をいつくしむ
もちろん死の「かなしみ」もいつくしむ

愛の「かなしみ」を
「さびしさ」を
また「孤独」さえ
光と影をいつくしむように
いつくしむ

そよ風の「なぐさめ」を
あたたかな土の「やすらぎ」を
燃える火の「はげしさ」をいつくしむ
星の「またたき」を

月の「しずけさ」をいつくしむ
うつろう日の「すぎゆき」を
季節の「めぐり」をいつくしむ
旱《ひでり》の「かわき」も
雨つづきの「憂鬱」も
雷神と海神の「いかり」もいつくしむ

あなたとわたしの「悔い」を
「嘆き」を「痛み」を
すべて　まるごといつくしみ
きょう、いま、ここ、このときを
一本の木として立ちつづける

本多寿（ほんだひさし）　一九四七年生まれ。

詩　集　『避雷針』（一九七八）　『聖夢譚』（一九八四）　『果樹園』（一九九二）
『草霊』（二〇〇八）　『草の向こう』（二〇一三）　『タケル』（二〇一五）
『詩が水草のように』（二〇一七）　『風の巣』（二〇一九）他。

評論集　『詩の森を歩く―日本詩と詩人たち』（二〇一一）
『詩の中の戦争と風土―宮崎の光と影』（二〇一五）
『詩をした語らしむ―記憶の森から』（二〇一八）他。

現住所　〒八八〇－二一二一　宮崎市高岡町花見二八九四

詩集＊日の変幻

二〇二〇年十二月一日初版発行

著　者　本多　寿

発行者　本多　寿

発行所　㈲本多企画
〒八八〇-二三二一宮崎市高岡町花見二八九四
電　話〇九八五-八二-四〇八五
ＦＡＸ〇九八五-八二-四〇八七
印　刷　宮崎相互印刷

製　本　梶本製本

定　価　二〇〇〇円＋税

落丁本・乱丁本はお取り替えいたします。　Printed in Japan

ISBN978-4-89445-503-0 C0092